Benvenuti nel mondo delle

Detective del Cuore

PIEMME

Colette

ABILITÀ: è specializzata in consigli per l'outfit perfetto per un'indagine ma anche per il primo appuntamento!

MOTTO: *un mistero non è tale senza un pizzico di batticuore!*

Paulina

ABILITÀ: quando per sbloccare un'indagine serve un computer lei è pronta a entrare in azione!

MOTTO: *se mi date un portatile vi risolverò il caso, garantito!*

Violet

ABILITÀ: ha sempre l'intuizione giusta al momento giusto... Soprattutto se prima ha fatto un pisolino!

MOTTO: *quando un caso sembra irrisolvibile... prova a cambiare punto di vista!*

Nicky

Abilità: inseguimenti a piedi, in bici, di corsa, a nuoto, sugli sci... insomma, nessuno le sfugge!

Motto: *scattiamo sul caso alla velocità della luce!*

Pamela

ABILITÀ: con la sua parlantina travolgente riesce a ottenere informazioni da chiunque!

MOTTO: *i misteri sono come i bignè: hanno un cuore da scoprire!*

Vuoi essere una *Detective del Cuore*?

ADELE

ABILITÀ: SE C'È QUALCOSA DA DISEGNARE sono pronta

MOTTO: non c'è un mistero senza fine

Testi di Tea Stilton
Coordinamento testi di Chiara Richelmi / Atlantyca S.p.A.
Collaborazione editoriale di Carolina Capria e Mariella Martucci

Coordinamento editoriale di Daniela Finistauri
Editing di Viviana Donella

Art Director: Francesca Leoneschi
Illustrazioni di copertina di Valeria Brambilla (disegno) e Christian Aliprandi (colore)
Graphic Designer: Giovanna Ferraris / theWorldofDOT

Illustrazioni pagine iniziali e finali di Barbara Pellizzari e Valeria Brambilla (disegno), Flavio Ferron (colore) | Mappe di Caterina Giorgetti (disegno) e Flavio Ferron (colore)

Illustrazioni della storia di Elena Grigoli e Barbara Pellizzari (disegno), Francesco Castelli e Serena Gianoli (colore)
Coordinamento artistico di Tommaso Valsecchi
Grafica di Michela Battaglin

Da un'idea di Elisabetta Dami
www.ildiariodelleteasisters.it

Pubblicato per PIEMME da Mondadori Libri S.p.A.

info@edizpiemme.it

Anno 2018 - 2019 - 2020 Edizione 1 2 3 4 5 6 7 8 9 10 11 12 13 14 15

Stampa: ELCOGRAF S.p.A. - Via Mondadori, 15 - Verona

Tea Stilton

Indagine allo specchio

PIEMME

DETECTIVE... IN BICICLETTA!

Quale sarà stato il mezzo di trasporto preferito da **SHERLOCK HOLMES**, il famoso detective protagonista di tanti romanzi gialli?
Di sicuro, se fosse vissuto in un'isoletta verde e assolata, avrebbe seguito l'esempio delle Detective del Cuore... e avrebbe scelto di spostarsi su due **RUOTE**!

– Forza, ancora un piccolo sforzo e saremo arrivate alla sede dell'**agenzia**! – disse Nicky, incitando le amiche dalla sua bici.

– Un po' di bicicletta e un nuovo caso che ci aspetta! – canticchiò Pamela, pedalando.
– SUONA BENE, VERO, SORELLE?
Paulina ridacchiò: – Incidiamo una canzone come sigla ufficiale della nostra agenzia!

DLIN! DLIN! DLIN!

Dietro di loro, Colette scampanellò allegra:
– Meno chiacchiere e più pedalat...
Ma ecco che... SCREEEEK!

– Cocò, che cosa succede?! – chiese Violet rallentando, mentre l'amica si fermava sul ciglio della strada, smontava dalla bici e iniziava a FRUGARE nelle tasche della giacca.
– Qualcuno mi sta chiamando: sento il telefono che vibra – spiegò Colette tirando fuori lo smartphone. Poi, guardando lo SCHERMO, sgranò gli occhi: – Non era una chiamata... erano due, anzi tre, no... quattro e-mail in arrivo nella casella di POSTA ELETTRONICA dell'agenzia!
– E provengono tutte dalla stessa persona... – esclamò Paulina, SBIRCIANDO il monitor del telefono. – Una certa Olga, che dice di doverci parlare.
– Non so quale sia il suo problema, ma una cosa è certa: ha FRETTA di incontrarci! – commentò Colette.
– Beh, che cosa aspettiamo? Corriamo in agenzia e rispondiamole – suggerì Violet.

– Potremmo darle appuntamento già per oggi, che cosa ne dite?
Colette rimontò subito in sella e poco dopo le Detective del Cuore stavano svoltando in Vicolo delle Margherite.
– Eccoci – annunciò Colette, scorgendo in fondo alla stradina la PALAZZINA azzurra che ospitava la loro agenzia investigativa.
In quel momento, da uno dei vicoletti laterali sbucò una ragazza sconosciuta con un'allegra borsa gialla a tracolla.
Le cinque amiche si fermarono per lasciarla attraversare, ma non appena ebbe raggiunto l'altro lato della strada la ragazza si voltò e le fissò incuriosita.
– Grazie! – disse la ragazza scrutando con attenzione le cinque CICLISTE.
– Ma... per caso... per caso voi siete le Detective del Cuore?
– L'hai detto, sorella! – confermò Pamela.

Nello stesso istante, Paulina ebbe un'intuizione e chiese: – E tu sei Olga? La ragazza che ci ha scritto tutte quelle e-mail?
– Sono proprio io... scusate, ma dovevo vedervi urgentemente – annuì la ragazza.
– Così urgentemente che non sono riuscita ad aspettare una vostra risposta e ho deciso di venirvi a cercare!

– Allora andiamo insieme in agenzia, così potrai raccontarci tutto – le sorrise Violet, scendendo dalla bici e procedendo a piedi, mentre le altre raggiungevano l'ingresso della palazzina e iniziavano a legare le bici.

– Intanto dimmi dove hai preso quella meravigliosa tracolla, perché sento *urgentemente* il bisogno di averne una uguale! – aggiunse Colette con un sorriso.

Un nuovo caso del cuore!

– Benvenuta nella nostra agenzia investigativa – esclamò Paulina, andando ad accendere il computer portatile.
– Olga, vuoi darmi la giacca? – chiese Violet cortese.
Ferma a pochi passi dalla porta d'ingresso, Olga si mordicchiò nervosamente il labbro:
– Ehm... no, preferisco tenerla addosso...
– Perché? Hai freddo? – chiese Nicky, perplessa.
– No, perché se riesco a convincervi tra pochi **minuti** dovrete uscire per cercare Grace – spiegò Olga.

– Grace... ok, inizio a essere un po' confusa – rifletté Paulina.

– Procediamo con ordine: chi è Grace?

Invece di rispondere, Olga aprì la borsa e tirò fuori un album con la copertina decorata da un cuoricino e dalla scritta 'Best Friends'.

– Grace è la mia migliore amica – iniziò a spiegare la ragazza, porgendo l'album alle detective. – Questo è il regalo che mi ha fatto al mio ultimo compleanno: raccoglie le foto che raccontano i momenti più belli della nostra amicizia. Ho pensato di portarvelo: credo basti un'occhiata per capire quanto è forte il nostro legame!

– È davvero un modo originale per parlarci della tua amica – osservò Colette sfogliando le pagine. Poi, scrutando con attenzione una delle foto, notò: – Ehi, ma questo è il Beauty Queen, il salone di bellezza della nostra amica Ivette!

– Esatto: io e Grace ci siamo conosciute e siamo diventate amiche frequentando la sua scuola per parrucchiere – sorrise Grace.

– Un'amicizia nata sui banchi di scuola, proprio come la nostra! – esclamò allora Pamela strizzando l'occhio alle altre.

– Però... – intervenne Nicky – Però poco fa hai detto di essere venuta qui perché ti serve aiuto per cercare Grace... Che cos'è successo?

Olga sospirò, prese un fogliet-to RIPIEGATO dal-la tasca e glielo porse: – Ieri Grace è andata via senza preavviso, lasciando solo questo...

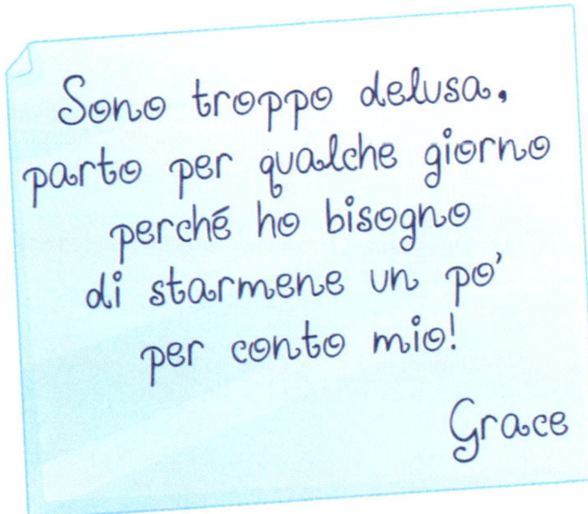

Con aria triste, la ragazza raccontò qualche dettaglio in più.

Dopo essersi conosciute e aver scoperto di avere tante cose in comune, lei e Grace avevano deciso di condividere un piccolo appartamento non lontano dalla scuola per parrucchieri: erano stati mesi divertenti e spensierati, durante i quali le due avevano

accumulato i ricordi raccolti nel diario mostrato poco prima, e condiviso il sogno di aprire, un **giorno**, un salone di bellezza!
Poi, però, era successo qualcosa che aveva incrinato quell'amicizia così speciale...
– Qualche settimana fa la bici di Grace ha avuto un problema ai freni, così lei l'ha portata alla ciclofficina dell'isola – spiegò Olga.
– Lì ha conosciuto Pablo, uno dei ragazzi che si occupa delle riparazioni... e si è presa subito una cotta per lui!
Pamela strizzò l'occhio alle amiche: forse iniziava a capire cos'era successo!
– Lasciami indovinare – disse Pamela. – Da quando ha incontrato Pablo, Grace ha trascorso molto più tcmpo con lui chc con tc...
Olga annuì: – Credetemi, io ho cercato di essere comprensiva, però quando mi ha dato buca alla SFILATA ci sono rimasta davvero malissimo!

– La sfilata?!? – domandò Violet.

– Vedete... – rispose Olga. – Ci piace moltissimo lavorare **insieme**... o, almeno, ci piaceva!

Ecco come erano andate le cose: la domenica precedente le due amiche avrebbero dovuto partecipare a una sfilata dedicata alla moda per capelli, occupandosi della stessa modella. Olga si sarebbe concentrata sul taglio e Grace sulla colorazione, la sua passione.

Solo che, senza alcun preavviso, Grace non si era presentata all'appuntamento, lasciando Olga da sola e impedendole di far sfilare la loro *modella!*

– Quella sera ho scoperto che non era venuta perché, dopo aver incontrato Pablo, si era dimenticata del nostro impegno! – concluse Olga. – A quel punto io mi sono davvero **ARRABBIATA** e abbiamo litigato, perché le ho detto che per colpa di quel ragazzo si stava comportando davvero male. Così le ho chiesto di scegliere tra Pablo e la nostra amicizia e... da ieri è **SPARITA!**

– E pensi che la delusione di cui parla nel biglietto sia per quello che è successo tra di voi, vcro? – intuì Colcttc.

– Proprio così. Io so di avere esagerato e penso che potremmo risolvere tutto... ma lei tiene il **TELEFONO** spento – aggiunse Olga. – È per questo che mi sono rivolta a voi: mi

aiuterete a ritrovare la mia migliore amica e a recuperare la nostra amicizia?
Le **Detective del Cuore** si scambiarono un'occhiata d'intesa, e alla fine fu Paulina a comunicare a Olga la decisione presa.
– D'accordo, inizieremo subito le ricerche – assicurò la ragazza. – Ma abbiamo bisogno che tu venga con noi!

LE DETECTIVE DEL CUORE

SONO SEMPRE PRONTE AD AIUTARE CHI NE HA BISOGNO!

CLIENTE: OLGA

Dobbiamo aiutare due amiche... a ritrovarsi!

Detective del Cuore

NOME: OLGA.

SEGNI PARTICOLARI:
È UN'AMICA PREOCCUPATA.

PASSIONI: L'HAIRSTYLING (MODA PER CAPELLI)!

PERCHÉ SI È RIVOLTA A NOI:
VUOLE RITROVARE GRACE, LA SUA MIGLIORE AMICA, E RIAPPACIFICARSI CON LEI.

TOP SECRET

CASO ACCETTATO

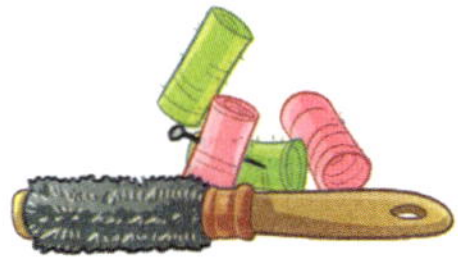

Una sosta al Beauty Queen

Dove poteva essere finita Grace? Le Detective del Cuore non avevano ancora una risposta a questa domanda, ma sapevano qual era il PRIMO PASSO da compiere: visitare i luoghi che frequentava di più.

Paulina propose di dividersi: in piccoli gruppi avrebbero indagato meglio e più in fretta.

Così, Colette, Pamela e Violet lasciarono l'agenzia in Vicolo delle Margherite e raggiunsero il salone di bellezza Beauty Queen.

– Ragazze, che bellissima sorpresa! – esclamò Ivette vedendole entrare. – Cosa posso fare

per voi? Uno shampoo alla camomilla? Un impacco alla rosa? Un trattamento completo all'**olio di mango?**
Le investigatrici sorrisero alla loro amica, sempre gentile e *premurosa*.
– Magari un'altra volta – rispose Colette per tutte.
– Oggi non siamo qui in veste di clienti, ma di investigatrici... hai qualche MINUTO da dedicarci?
– Certo – assicurò Ivette, e dopo aver affidato la cliente di cui si stava occupando a Meg, la sua socia, si accomodò con le ragazze sulle poltroncine libere.
– Vorremmo parlarti di un'*allieva* della tua scuola, Grace – esordì Violet, raccontando dell'improvvisa partenza dell'aspirante

colorista e delle preoccupazioni della sua amica Olga.

– Mi dispiace tanto che Olga e Grace abbiano LITIGATO! – sospirò Ivette. – Avevo notato che negli ultimi tempi non erano più affiatate

come prima, ma pensavo si trattasse di un problema passeggero.
– Potrebbe ancora esserlo – sorrise Pamela fiduciosa. – Se riusciamo a far incontrare Olga e Grace sono certa che tutto si sistemerà!
– Ma per riuscirci, dobbiamo prima rintracciare Grace – spiegò Colette. – Per caso ti aveva anticipato che nei prossimi giorni sarebbe stata ASSENTE?
Ivette scosse la testa senza esitazioni: – No, non mi ha detto nulla; ieri mattina era qui come sempre, e da quello che ho capito mi sembrava che avrebbe trascorso un fine settimana come gli altri...
– Questo potrebbe significare che non progettava di andar via, ma chc ha dcciso di farlo all'ultimo momento – rifletté Violet.
– Ho un'idea, venite con me! – disse allora Ivette alzandosi e facendo cenno alle ragazze di seguirla.

Il Beauty Queen non era solo un piccolo salone di bellezza: nel retrobottega c'erano un laboratorio, dove Ivette preparava i suoi cosmetici con ingredienti naturali, e una grande aula dove insegnava tutti i trucchi del mestiere ai ragazzi e alle ragazze che avevano il sogno di diventare parrucchieri e make-up artist.
Era proprio lì che Olga e Grace avevano fatto amicizia!
Quel giorno era sabato e nella scuola per parrucchieri non si tenevano lezioni, ma all'arrivo delle detective nell'aula c'era comunque uno studente, che aveva deciso di esercitarsi un po' da solo.
– Ecco, questo è lo scaffale dove gli allievi ripongono le loro cose – spiegò Ivette, accompagnando le ospiti al mobile che si trovava accanto all'ingresso. – Vediamo se Grace ha portato via le sue...

NON HA PRESO NIENTE!
EH NO!

Le quattro si avvicinarono allo spazio riservato alla studentessa scomparsa e diedero un rapido sguardo: il suo **bicchierone** termico da tè, una rivista da leggere nei momenti di relax, una trousse con gli accessori da bagno che usava per rinfrescarsi alla fine della giornata di STUDIO... tutte le piccole cose che usava quotidianamente sembravano essere ancora lì!

– E anche questo sembra confermare che Grace non abbia progettato di andare via – concluse Colette. – Ivette, grazie, ci sei stata di grande aiuto...

– Ehm... scusate se mi intrometto... – disse allora lo studente solitario, avvicinandosi timidamente alle ragazze. – Senza volere ho ascoltato la vostra CONVERSAZIONE. Ho capito bene? Grace è scomparsa?

Pamela annuì: – Sì, tu sai dove si trova?

– Purtroppo no – rispose il ragazzo. – Però

mi sembra molto STRANO che sia andata via di punto in bianco, visto che si è iscritta a un concorso per giovani coloristi che si terrà **domani** e a cui tiene molto!

– Interessante... – mormorò tra sé e sé Colette. Poi si rivolse alle amiche con uno sorriso furbo e aggiunse: – Credo sia arrivato il momento di *raggiungere* le altre...

Colori, che passione!

Nicky e Paulina erano andate con Olga alla casa che la ragazza condivideva con la sua amica del cuore. Obiettivo: trovare indizi che le aiutassero a capire dove si trovava Grace!

Quando Colette, Pamela e Violet le raggiunsero, trovarono le amiche intente a esaminare ogni minimo DETTAGLIO del salotto.

– Voi potete dare un'occhiata alla camera da letto, mentre noi finiamo di analizzare il resto della casa – suggerì Paulina alle amiche.
– Oh, tu e Grace dormite nella stessa stanza, come noi al COLLEGE! – osservò Pamela, mentre Olga le conduceva in una camera con due letti gemelli.
Olga sorrise: – INDOVINATE qual è il letto di Grace...
– Facile... quello! – disse Colette.

Da grandissima appassionata dei colori, Grace aveva usato le pareti, i soprammobili, i cuscini e le coperte per circondarsi di un vero e proprio arcobaleno!

Colette si avvicinò a una bacheca piena zeppa di fotografie: – Prima l'album che ha regalato a Olga per il suo compleanno e ora questo collage... Grace ama immortalare con le foto tutti i momenti più belli della sua vita!

– Questa dev'essere caduta – disse Violet RACCOGLIENDO una foto dal pavimento.

– Oh, lui è Pablo, vero? – chiese Colette.

– Sì – annuì Olga.

– E questa è la sua bicicletta tandem!

Nicky e Paulina le raggiunsero: – In casa sembra tutto a posto ma in bagno manca lo **spazzolino** di Grace.
– E sotto al cuscino non c'è più il suo pigiama e dall'appendiabiti manca il suo maglione preferito, un cardigan fatto a mano che usa in casa quando ha **FREDDO** – rivelò Olga.
– Ehi, guardate qui – disse allora Paulina, fissando gli oggetti accatastati su una poltrona in un angolo.
– Scarpette, asciugamano, borraccia... sembra l'occorrente per andare in **palestra** – rifletté Nicky.
– Solo che di solito queste cose non si trovano su una poltrona, ma in una sacca sportiva – fece notare Colette.
– Mmh... quindi potrebbe aver svuotato la **sacca** che di solito usa per andare in palestra e averla usata come piccolo bagaglio per partire – ipotizzò Pamela.

Mentre le amiche **ESAMINAVANO** gli oggetti sulla poltrona, Violet si concentrò su un vasetto appoggiato sulla cassettiera: dentro non c'era una piantina, ma qualche spicciolo, alcuni vecchi biglietti dell'autobus, un braccialetto e uno SCONTRINO.

– Credo che Grace usi questo vasetto come svuota-tasche – commentò Violet. – Ma non mi pare ci sia nulla d'importante... piuttosto, che cosa c'è là **SOTTO?**

A catturare l'attenzione della ragazza era stato un foglietto che spuntava da sotto la montagna di cuscini sul letto.

– Che cosa? Dove? – chiese Paulina, voltandosi di scatto e urtando senza volere il comodino.

– Ops! – esclamò la ragazza, raccogliendo il libro che aveva fatto cadere.

Poi, risistemando al suo posto il RAMETTO di gelsomini essiccati che faceva da segnalibro, commentò: – Speriamo sia la pagina giusta!
Intanto, le detective si erano tutte raccolte attorno a Violet, che aveva sfilato il foglio da sotto i cuscini e lo stava leggendo a voce alta.

Si trattava di un volantino stampato su carta azzurra, un po' stropicciato, su cui qualcuno aveva disegnato una cornicetta fatta di cuoricini.
– Grace è una surfista? – chiese Nicky incuriosita.
– Ha iniziato a interessarsi al surf da poco, perché Pablo è un grande appassionato – spiegò Olga.
– Questo è un passo in avanti – disse Pamela convinta. – Stanotte Grace potrebbe essere andata a dormire da un'amica e poi potrebbe

aver raggiunto Pablo a questo festival stamattina!
A quelle parole Olga, che fino ad allora aveva avuto un'espressione PREOCCUPATA, improvvisamente ritrovò il sorriso: – Allora che cosa aspettiamo? Andiamo a cercarla lì!

gli indizi da cui partire!

Detective del Cuore

1
IL MAGLIONE PREFERITO DI GRACE È SCOMPARSO!

2
TANTI RICORDI SULLA BACHECA!

3
MANCA IL PIGIAMA!

4
LO SVUOTA-TASCHE POTREBBE CONTENERE QUALCOSA DI IMPORTANTE?

5
DOV'È IL BORSONE SPORTIVO CHE CONTENEVA QUESTI OGGETTI?

6
Il volantino del Festival del Surf tra le pagine del libro...

Tutti in spiaggia!

Felici di quella pista da seguire, le Detective del Cuore si affrettarono a raggiungere la Spiaggia delle Tartarughe insieme a Olga.

– Sapete, sono contenta che oggi ci sia anche Pablo – disse Olga dopo aver parcheggiato la sua auto sul lungomare, accanto al fuoristrada di Pamela. – Così potrò DIMOSTRARE a Grace che posso essere anche sua amica e che lei non sarà mai costretta a scegliere!

ARRIVATE alla spiaggia, però, le ragazze si trovarono davanti a uno scenario inaspettato.

– Mmh... bagnanti che prendono il sole, bambini che costruiscono castelli di sabbia, cani che rincorrono palline... – elencò Violet guardandosi attorno. – Ma di surfisti neanche l'ombra!

– Andiamo a chiedere al **BAGNINO** – suggerì Pamela dirigendosi verso la torretta di salvataggio.

– Salve! Avrei bisogno di un'**INFORMAZIONE**: oggi su questa spiaggia avrebbe dovuto

svolgersi un festival dedicato al surf, ma non vediamo nessuno... lei per caso ne sa qualcosa? Abbiamo sbagliato posto?
– Mi dispiace, questo è il mio primo giorno di lavoro sull'isola e non conosco ancora bene le attività in programma – rispose il bagnino.
– Però mi sembra improbabile che si possa tenere un festival del genere qui, proprio oggi: il mare è piatto come una tavola, non è certo l'ideale per fare surf!
Quelle parole illuminarono Nicky che, ringraziato il ragazzo, trascinò via le amiche:
– Ma certo! Avrei dovuto capirlo appena arrivate: è vero che sul volantino c'è scritto che il festival si sarebbe tenuto qui, ma sono sicura che invece è stato spostato alla spiaggia della Grotta del Vento! È l'unica spiegazione possibile...
Olga non sembrava convinta: – E tu come fai a saperlo?

– Anch'io faccio surf – spiegò Nicky strizzandole l'occhio.
– E in questi anni ho imparato che quando qui sulla costa orientale non ci sono mareggiate, per trovare delle onde da cavalcare devo spostarmi dall'altra parte dell'isola!
E Nicky aveva ragione, perché appena arrivate sulla spiaggia in prossimità della Grotta del Vento, le ragazze iniziarono a sentire un'allegra musica ad alto volume. Poi, avvicinandosi ancora di più, scorsero anche un palchetto con la postazione del deejay, bancarelle che vendevano SPUNTINI e accessori per gli appassionati, e soprattutto tanti ragazzi e ragazze intenti a cavalcare le onde!

– Vedi Grace e Pablo da qualche parte? – chiese Colette **GUARDANDOSI** attorno.
Olga fece correre lo sguardo sui surfisti che affollavano la spiaggia e scosse la testa:
– Non mi pare che ci siano...
– Uhm... direi che non ci resta che provare a parlare con i ragazzi che sono qui per cerca-

re di scoprire se sono almeno passati! – suggerì Paulina.
Detto fatto, le ragazze si sparpagliarono per la spiaggia, avvicinandosi ai CAPANNELLI di surfisti alla ricerca di qualche informazione utile.
Quando mezz'ora più tardi si ritrovarono, però, scoprirono di non avere novità.

– I SURFISTI con cui ho parlato non conoscono nessun Pablo, e se non conoscono lui immagino non conoscano nemmeno Grace – disse Nicky.
– Nemmeno io ho trovato niente – riferì SCONSOLATA Violet.
– Aspettate... qualcosa mi dice che invece a Colette e Pamela è andata diversamente – suggerì Paulina, indicando le amiche che tornavano a PASSO svelto da loro.
– Buone notizie? – chiese Olga speranzosa.
– Beh... direi né buone né cattive, ma almeno abbiamo incontrato qualcuno che conosce Pablo! – annunciò Pamela.
– Ci hanno detto che non verrà al festival – comunicò Colette. – Aveva dato appuntamento al suo gruppo di amici per vedersi qui, ma all'ultimo momento ha mandato un MESSAGGIO dicendo che non sarebbe più passato.

Olga la incalzò: – E ha detto dove sarebbe **andato**, invece?
– No – rispose Pamela, e dopo essersi scambiata un'occhiata con Colette, aggiunse:
– C'è dell'altro: abbiamo mostrato loro una foto di Grace presa dal diario che ci hai dato tu, Olga... e gli amici di Pablo non l'hanno mai vista, né sentita nominare!

– Magari non gliel'ha ancora presentata – ipotizzò Paulina, PENSIEROSA. – Comunque Pablo resta ancora la persona con cui è più probabile che *Grace* si trovi al momento.
– Sì, ma come li troviamo? – sospirò Olga.
– Io suggerirei di andare alla ciclofficina – propose Nicky. – Magari Pablo è stato trattenuto al lavoro e Grace è andata a fargli COMPAGNIA!

INSEGUENDO UN TANDEM!

La ciclofficina si trovava in un vicoletto del centro, al piano terra di una **PALAZZINA** dalla facciata ricoperta di edera.

– Buongiorno... – salutò Pamela facendo capolino insieme alle altre nell'officina dalle pareti piene zeppe di **ATTREZZI** e pezzi di ricambio.

A una prima occhiata, però, né Pablo né Grace erano lì: ad accogliere le ragazze, infatti, fu un ragazzo di nome Jack.

– Buongiorno, come posso aiutarvi? – chiese Jack cortese. Poi, **SCRUTANDO** quelle che pensava fossero nuove clienti, aggiunse:

– Potete portare dentro le vostre BICI da sistemare, le guardo subito!
– Oh, no no! – esclamò allora Pamela.
– Noi avremmo bisogno del tuo aiuto, ma si tratta di un aiuto di tipo diverso... non di un ciclo-aiuto, ecco!

– Stiamo cercando il tuo collega Pablo – spiegò Nicky. – Per caso si trova qui?
– Eh no, oggi in officina ci sono solo io, Pablo tornerà lunedì – rispose Jack. Poi aggiunse: – Però che buffo, quante ragazze vengono a cercarlo in questi giorni!
Quell'affermazione fece drizzare le orecchie a Paulina: – Quindi non siamo le prime a chiedere di lui?
– Già. Proprio ieri, nel primo pomeriggio, è passata un'altra ragazza, una certa Grace – spiegò Jack. – E neanche lei ha trovato Pablo, perché era andato via prima.
Quell'informazione colpì le detective: Grace era passata di là!
A quel punto, Violet decise di rivelare al ragazzo qualcosa di più del motivo che le aveva portate nella sua BOTTEGA: – In realtà stiamo cercando proprio Grace... Per caso sapresti dirci dov'è andata dopo essere venuta qui?

Jack fece spallucce: – Beh, io le ho suggerito di provare a cercarlo a casa, se volete vi do l'indirizzo, potrebbe esservi utile?
– Per mille bielle sbiellate, certo che lo sarebbe, grazie! – esclamò Pamela mentre Jack scribacchiava qualcosa su un FOGLIETTO.
Poco dopo, le ragazze arrivarono a casa di Pablo, ma dopo aver suonato un paio di volte si arresero: in casa non c'era NESSUNO!
– E ora che cosa facciamo? – chiese Nicky.
– Pablo e Grace potrebbero essere ovunque... Ehi, guardate!
– Il tandem di Pablo! – esclamò Colette, scorgendo una bicicletta rossa a due posti che PASSAVA in fondo alla strada.
Olga aguzzò la vista: – E quelli a bordo potrebbero essere proprio Pablo e Grace: sapete, lei in questi giorni ha i capelli viola!
Senza perdere un istante, le ragazze si gettarono all'**inseguimento**.

Certo, potevano fare affidamento solo sulle loro gambe, ma erano abbastanza **allenate** per stare dietro a un tandem!

– Eccolo, eccolo! – esclamò Violet, avvistando il tandem parcheggiato all'esterno di una FUMETTERIA. – Presto, entriamo!
Il sabato era uno dei giorni in cui il negozio era più affollato di appassionati di fumetti, ma non fu difficile individuare i due.
– Grace... – chiamò Olga, per poi fermarsi di colpo. Si era appena accorta che la ragazza non aveva i capelli viola, ma INDOSSAVA semplicemente un caschetto di quel colore che a lei, da lontano, era sembrato la chioma della sua amica!
I due sconosciuti, intanto, si erano voltati verso le nuove arrivate.
– Ciao, possiamo aiutarvi? – chiese il ragazzo perplesso.
– Scusateci, è stata una svista – disse Paulina.
– È solo che avete un tandem uguale a quello di un nostro conoscente e...
– Pablo? – chiese il ragazzo.

– Non avete preso alcuna svista: il tandem è proprio il suo, me l'ha prestato!

– Di solito non se ne separa mai... – confidò la ragazza col caschetto viola.
– Ma tanto non avrebbe potuto usarlo di certo, in montagna!
– In **montagna?** – ripeté Pamela interessata.
– Oggi Pablo è andato al parco avventura con il suo amico Andy e per arrivare fin lì su due RUOTE gli sarebbe servito un tandem da cross! – scherzò il ragazzo.
– Al parco avventura... – ripeté quasi tra sé Violet, quindi rivolse un sorrisetto furbo alle amiche. Il suo sesto senso le diceva che Pablo era vicino... e Grace insieme a lui!

Sulle tracce di
PABLO & GRACE
N
W
E
S
1
2
3
4
5

Detective del Cuore

ECCO LA FOTO CHE ABBIAMO TROVATO IN CAMERA DI GRACE... QUI È INSIEME A PABLO!

LI ABBIAMO CERCATI...

1. Alla Spiaggia delle Tartarughe
2. Alla spiaggia della Grotta del Vento
3. A casa di Pablo
4. Alla Ciclofficina dove lavora Pablo
5. In fumetteria, dopo aver rincorso il suo tandem...

PABLO SI TROVA IN MONTAGNA, AL PARCO AVVENTURA! SPERIAMO CHE GRACE SIA CON LUI!

Un'amara scoperta

Il cammino per arrivare a Pablo e Grace era stato ingarbugliato, ma le Detective del Cuore finalmente intravedevano la fine!
Appena uscite dalla ciclofficina, le sei ragazze si diressero verso la zona montana dell'Isola delle Balene e, durante il TRAGITTO, continuarono ad avanzare ipotesi su quello che poteva essere successo.
– Secondo voi è possibile che Grace e Pablo abbiamo cambiato i loro programmi all'ultimo momento, scegliendo di fare una gita al PARCO avventura invece di andare al festival per surfisti? – domandò Nicky.

– In effetti, però, Jack ha detto che Pablo avrebbe trascorso il pomeriggio con il suo amico Andy... – commentò Colette.
– Forse non ha nominato Grace solo perché non la conosce! – aggiunse Violet.
– Io dico che stiamo per scoprirlo, sorelle! Siamo arrivate al parco avventura – esclamò Pamela parcheggiando il **fuoristrada**.
– Allora, da dove cominciamo a cercare Pablo e Grace? – chiese Olga impaziente, smontando dalla sua auto.
Colette propose: – Io, te e Violet potremmo provare a cercarli nell'area relax e sulla terrazza panoramica.
– Perfetto! – concluse Paulina. – Noi allora seguiamo il percorso avventura!
– Chi li vede per prima avvisa le altre! – concluse Pamela.
Così, salutate le amiche, Pamela, Nicky e Paulina si diressero verso il punto

informazioni e si ISCRISSERO al percorso di gruppo. Pochi minuti dopo, indossata l'imbracatura di sicurezza, raggiunsero gli altri partecipanti, pronte a iniziare!

– Se ho capito che tipo è Pablo, credo che lo troveremo sul tratto più **difficile** e avventuroso – ipotizzò Pamela guardandosi attorno.

– E direi che l'hai capito bene: eccolo lì! –

annunciò Paulina indicando il ragazzo, che in quel momento si stava arrampicando su una rete sospesa in aria insieme a quello che doveva essere il suo amico Andy.
Di Grace, però, nemmeno l'ombra...
– Dobbiamo trovare il modo di avvicinarlo e di parlargli, forse lui sa dove si trova Grace – osservò Paulina.
– Mmm... Qualcosa mi dice che non sarebbe una buona idea andare a fargli delle domande dirette... – disse Nicky.
– E allora fingiamo di incontrarlo casualmente e troviamo il modo di scambiare qualche battuta con lui mentre ci ARRAMPICHIAMO – propose Pamela. – Andiamo, sorelle!
Ben presto, mentre erano impegnate ad assicurarsi con funi e moschettoni e ad attraversare ponticelli sospesi, si accorsero che il ragazzo era sì in compagnia di Andy, ma aveva occhi solo per una ragazza sconosciuta...

Te la cavi bene!
Grazie!
Eccolo, è lui!

Ma Grace dov'è?

Le tre detective non riuscirono a scambiare nemmeno una parola con lui, ma non si arresero. Terminato il PERCORSO, infatti, le ragazze si accodarono a Pablo, Andy e la ragazza misteriosa.

– Ora o mai più – propose Pamela quando si accorse che Pablo si era fermato a parlare con la sconosciuta mentre Andy restituiva l'attrezzatura.

Pam fece solo qualche passo, però, perché Paulina la trattenne per un braccio.

– Aspetta un attimo – suggerì la ragazza.

– Credo che osservando e *ascoltando* potremmo ottenere più risposte di quante immaginiamo...

E Paulina aveva ragione!

Dopo un attimo, infatti, Pablo si sfilò il BRACCIALETTO che aveva al polso e lo legò con un gesto galante attorno a quello della misteriosa ragazza.

– Questo è il ricordo di un viaggio che ho fatto tempo fa alla ricerca dell'onda perfetta con il mio SURF – disse Pablo fissandola negli occhi. – Ci tengo tantissimo, ma voglio che lo abbia tu... così ogni volta che lo guarderai PENSERAI a me!

Pochi passi più in là, Paulina trasalì:

– Ma... abbiamo già visto un braccialetto simile: nel vasetto svuota-tasche in camera di Grace!

– Non sarà che **Pablo** ne regala uno a tutte le ragazze che incontra per farle sentire speciali e conquistarle? – ipotizzò Pamela.

– È possibile. E inizio a sospettare una cosa... – disse Paulina.

– Che cosa, sorella?

– Che la delusione di cui scriveva Grace nel biglietto che ha lasciato non si riferisca al COMPORTAMENTO di Olga... ma a quello di Pablo! – concluse Paulina.

– Dobbiamo andare subito a riferirlo a Olga – propose Nicky, ma appena si voltò per raggiungere l'area relax, si trovò faccia a faccia proprio con Olga, seguita da Colette e Violet.

– Non c'è bisogno che mi raccontiate nulla – disse Olga con sguardo SEVERO. – Ho sentito tutto! Non ci posso credere!

Pablo il rubacuori!

Le Detective del Cuore erano davvero stupite: non solo Pablo non era con Grace, come immaginavano e speravano, ma si stava anche comportando da vero **rubacuori** con un'altra ragazza!

– Ora vado a dirgliene quattro! – esclamò Olga, mentre il ragazzo salutava con un sorriso la sconosciuta a cui aveva appena *regalato* il braccialetto.

Nicky, però, la trattenne con gentilezza:

– Non credo sia una buona idea: ora sei arrabbiata, e quando si è **arrabbiati** spesso si dicono cose che non si vorrebbe.

– Nicky ha ragione – annuì Violet. – Senza contare che vederti arrabbiata potrebbe spingere Pablo a non parlarci... e noi invece vogliamo che ci racconti che cos'è successo, in modo da capire perché Grace si è sentita delusa!

Così, d'accordo con Olga, le investigatrici decisero che ad avvicinare Pablo sarebbe stata Colette, che con il suo sorriso allegro riusciva a fare amicizia con tutti.

– Ehm... scusa... – disse Colette raggiungendo il ragazzo. – Tu sei Pablo, vero?

Sentendo il suo nome, Pablo spostò lentamente lo sguardo dalla sconosciuta che si allontanava alla nuova arrivata, e quando si ritrovò davanti Colette s'illuminò: – Oggi è proprio la mia giornata fortunata: una ragazza bellissima conosce il mio nome!

Quel comportamento spavaldo non le andava per niente a genio, ma Colette si trattenne

dallo sbuffare **SPAZIENTITA** e continuò:
– Sì, lo conosco perché mi ha parlato di te la mia amica Grace.
– Oh, sei amica di Grace... – ripeté Pablo, SORRIDENDO un po' meno.

– Già, e in effetti oggi sono arrivata fin qui perché cercavo proprio lei – spiegò Colette.
– Mi dispiace, ma non è con me – rispose Pablo affondando le mani nelle TASCHE dei pantaloni. – Non le ho detto che cosa avrei fatto oggi, e comunque mi sa che ce l'ha con me, dopo ieri...
Questa volta Colette si trattenne dall'esultare: stava finalmente per scoprire il vero motivo per cui Grace aveva deciso di andare via!
La detective aggrottò le sopracciglia e domandò: – E che cos'è successo, ieri?
– Ecco... mi aveva invitato a un picnic – raccontò Pablo. – Io però non avevo capito che era una cosa solo per noi due: pensavo fosse una specie di festa e che non sarebbe stato un problema se non ci andavo...
– Capisco – rifletté Colette. – Quindi Grace ha organizzato una merenda apposta per te e tu non ti sei presentato.

– In realtà sono andato a fare SURF con un'amica e me ne sono dimenticato – rispose Pablo facendo spallucce. – Me ne sono ricordato solo quando sono uscito dall'acqua e ho trovato una MAREA di messaggi e chiamate sul cellulare da parte di Grace!
– Ma almeno a quelle hai risposto? – chiese Colette.
Pablo fece una smorfietta: – Avrei voluto... ma poi sono andato a mangiare un panino con gli amici e...
– Te ne sei dimenticato! – lo precedette Colette, a cui ormai era chiaro che Pablo non ricambiava affatto i SENTIMENTI di Grace.
– A proposito di panini – esclamò Pablo ritrovando il sorriso da rubacuori e avvicinandosi di un passo. – Io non ho ancora pranzato, posso invitarti? Potremmo MANGIARE qualcosa sulla terrazza del parco per conoscerci un po' meglio e...

Grace ha preparato un romantico picnic solo per Pablo... e lui non si è presentato!
L'ha aspettato per un po', poi ha provato a chiamarlo e a mandargli messaggi... ma lui non ha mai risposto!
Dev'essere stata una grande delusione per lei! Ecco a che cosa si riferiva nel biglietto lasciato a Olga!

– Fammi indovinare: e poi mi regaleresti uno dei tuoi preziosi braccialetti, in modo che possa pensare sempre a te? – lo interruppe Colette con decisione. – No, grazie, ho di meglio da fare, io!

Data a Pablo la risposta che meritava, la ragazza gli voltò le spalle e raggiunse le amiche per raccontare loro tutto quello che aveva appena scoperto.

Pamela SOSPIRÒ, poi commentò: – A questo punto direi che Grace ha frainteso il comportamento di Pablo. Ha pensato che lui la trattasse in modo speciale, mentre invece... fa così con tutte!

– Oh no, chissà con quanta cura Grace avrà preparato il PICNIC a cui lui non si è fatto vedere... – sospirò Olga.
– Ecco come mai ieri è andata a cercare Pablo alla ciclofficina! – rifletté Paulina. – Dev'essere andata lì dopo averlo aspettato inutilmente al PARCO.
– E quando lui non ha risposto né ai suoi messaggi né alle sue chiamate ci sarà rimasta malissimo... Anzi, probabilmente si sarà anche preoccupata moltissimo! – dedusse Nicky. – Pablo è stato così MALEDUCATO da non scusarsi nemmeno!
Al pensiero della delusione che doveva aver provato l'amica, gli occhi di Olga si riempirono di lacrime.
– Povera Grace. Non si è potuta nemmeno confidare con me, perché avevamo LITIGATO – mormorò la ragazza. – Ha preferito andarsene chissà dove...

– Ok, ora basta, dobbiamo fare qualcosa – esclamò allora Colette alzandosi di scatto. – Abbiamo capito che cosa le ha spezzato il cuore, ma resta ancora da scoprire la cosa più importante...

??? dove si trova Grace! ???

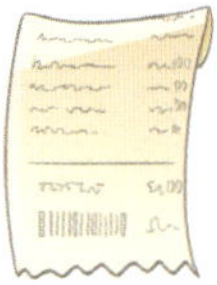

Sulle tracce di Grace...

Dopo aver scoperto non solo che Grace non era insieme a Pablo, ma che anzi si era allontanata proprio per colpa sua, le Detective del Cuore avevano deciso di **TORNARE** nell'appartamentino che la ragazza condivideva con Olga.

– Temo che prima ci siamo **SBAGLIATE**: questa non era caduta... – sospirò Paulina, osservando la foto in cui Grace e Pablo pedalavano sorridenti sul tandem.

Poi, indicando il **CESTINO** per la carta che si trovava poco distante dalla bacheca delle foto, si spiegò meglio: – Credo che Grace

volesse gettarla qui dentro dopo la delusione ricevuta da Pablo, ma ha sbagliato **mira!**

Paulina si mise al centro della stanza e fece un lento giro su se stessa: – Vediamo... Stamattina il nostro *istinto* ci ha fatto seguire la pista che sembrava più logica, e cioè quella di Pablo, e così abbiamo sicuramente trascurato qualche *dettaglio* che invece potrebbe essere importante...

– Come questo, per esempio – esclamò Violet frugando nello svuota-tasche e tirando fuori uno scontrino. – È di un ACQUISTO fatto ieri pomeriggio!
– La Bottega di Lulù – lesse la ragazza.
– Dalla data e dall'ora **stampata** sopra, Grace ci è andata nel tardo pomeriggio, quindi dopo essere rimasta delusa da Pablo.
– Ma prima di tornare qui per prendere le sue cose... – osservò Paulina. – Altrimenti non avrebbe potuto lasciare lo scontrino nello SVUOTA-TASCHE.
– Chissà che cosa ha comprato – si chiese Olga. – Abbiamo fatto spesso spese insieme, ma non le ho mai sentito nominare questo ncgozio!
– Nemmeno noi lo conosciamo – disse Colette, poi rivolgendosi a Pamela le chiese: – Pam, andiamo a **scoprirlo** noi mentre le altre continuano a cercare qui?

Così, le due **detective** partirono alla ricerca della misteriosa Bottega di Lulù.
E poco dopo, sullo smartphone di Paulina arrivò una chiamata.

driiin! driiin!

driiin!

– È Colette! – annunciò Paulina mentre attivava il vivavoce: – Pronto, ragazze, avete scoperto qualcosa d'interessante?
In tutta risposta, Colette fece una richiesta:
– Per favore, andate alla **BACHECA** e ditemi se ricordo bene: c'è una foto in cui Grace prepara i biscotti insieme a una signora anziana, vero?
Violet raggiunse di corsa le foto e dopo un rapido sguardo annunciò: – Ricordi bene!
– E nella foto si vede anche del miele? – chiese Pam dall'altro capo.
– Sì! – confermò Olga. – In effetti c'è un **BARATTOLO** con l'etichetta viola.

– Perfetto! – esultò Colette. – Arriviamo!
Poco dopo, lei e Pamela rientrarono nella stanza di Olga e Grace.
– Allora? Ci svelate questo mistero... al miele?!? – le incalzò subito Nicky.
Pamela sorrise: – Ma certo! La Bottega di Lulù è un negozietto specializzato nella vendita di prodotti alimentari preparati nelle fattorie e nelle campagne dell'isola... tutti con

ETICHETTA VIOLA, compreso un pregiato miele artigianale!
– Quindi è questo che ha comprato Grace alla Bottega di Lulù? Del miele? – chiese Violet.
– Esatto – confermò Colette. – La proprietaria del negozio si ricorda benissimo di lei: la ragazza con i capelli viola e l'espressione molto triste!
E dopo aver saputo dell'acquisto, Colette si era ricordata della foto vista quel mattino sulla bacheca in camera della ragazza.
– L'avevo notata perché mi ha fatto pensare a quando preparo i biscotti con mia nonna Mariette – spiegò Colette.
– Infatti quella nella foto è la signora Amélie, la nonna di Grace! – esclamò Olga. – Grace è davvero molto legata a lei, e ogni volta che va a trovarla torna con una SCATOLA di biscotti al miele!
– Li preparano insieme! – intuì Pamela.

CERTO CHE MI RICORDO!

Violet batté le mani: – Ma allora potrebbe essere andata dalla nonna! Nessuno sa **coccolarti** meglio della nonna quando sei giù di morale!
– Olga, dimmi che la signora Amélie abita qui sull'isola – chiese Nicky speranzosa.
– Sì, abita sull'isola... – rispose Olga.
Ma mentre le **Detective del Cuore** già si dirigevano verso la porta, aggiunse mortificata: – Però non conosco il suo indirizzo...

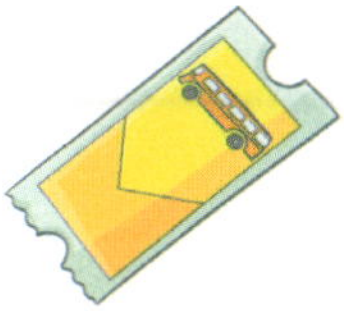

L'autobus misterioso

Anche se Grace l'aveva invitata più di una volta a trascorrere qualche giorno con lei a casa di nonna Amélie, Olga non era mai riuscita a trovare l'occasione per accompagnare l'amica.

Olga disse, dispiaciuta: – So solo che sua nonna vive in una casa vicino al mare. Però mi rendo conto che non si tratta di un indizio molto rilevante, visto che viviamo su un'isola...

– È comunque un inizio – la rassicurò Pamela. – Non devi darti per vinta, vedrai che la troveremo!

– C'è qualcos'altro che puoi raccontarci di lei? – chiese Violet. – Qualunque dettaglio può essere utile!
Olga si **mordicchiò** il labbro, pensierosa:
– Beh, so che per raggiungere il luogo dove abita sua nonna, Grace prende l'autobus.
– Ottimo – esclamò Nicky. – Ricordi quale linea?
– No, mi dispiace – sospirò Olga, ma dopo qualche istante esclamò: – Però a volte l'ho accompagnata in macchina quando doveva partire, magari se andassi alla stazione degli autobus potrei riconoscere quello su cui sale di solito!
– Allora andiamoci subito – esclamò Paulina.
– Accompagnatela tu e Nicky – suggerì Colette. – Noi intanto restiamo qua e cerchiamo qualche altro indizio.
Così, poco più tardi, Nicky, Paulina e Olga stavano scendendo dalla piccola

monovolume della ragazza, proprio davanti alla stazione degli autobus.
– Ok, ci siamo: ti viene in mente qualcosa? – domandò Paulina.
Grace fece correre lo sguardo sugli autobus **ALLINEATI** accanto alle pensiline: – Mmh... forse potrebbe essere il secondo...

– Perfetto, andiamo a scoprire dove va... – propose Nicky, ma Olga la interruppe.
– O forse è il quarto – azzardò la ragazza, per poi ammettere con espressione avvilita:
– La verità è che questi autobus sono praticamente tutti uguali, non li distinguo l'uno dall'altro!
– Allora dovremo inventarci qualcos'altro – disse Paulina. – Perché non credo potremo andare dagli autisti e chiedere se il PERCORSO del loro autobus prevede anche la fermata... 'Nonna Amélie'!
Le ragazze rimasero ferme in silenzio accanto all'auto di Olga, pensando alla mossa successiva, quando una signora dai capelli grigi passò loro di fianco e, senza fermarsi, rivolse un cenno di saluto a Olga per poi scomparire nell'edificio in cui si trovava la biglietteria.
– S-salve – balbettò Olga, poco convinta.

BUONGIORNO!
S-SALVE!
AB 1

Poi si rivolse alle due **detective** e rivelò:
– Non ho idea di chi sia quella signora... chissà perché mi ha salutata!
Fu solo qualche minuto dopo, quando la sconosciuta **ricomparve**, che Olga capì di chi si trattava.
– Ma certo, è la bigliettaia! – realizzò la ragazza mentre la signora si accomodava allo **sportello**, pronta a iniziare il suo turno di lavoro.
– Tu prendi spesso l'autobus? – chiese Nicky.
– Mai! – rispose Olga.
– Speravo che lo dicessi – sorrise Nicky.
– Allora forse si ricorda di te perché ti ha vista con Grace. Del resto è facile **NOTARLA**, grazie ai suoi capelli!
E la deduzione di Nicky si rivelò corretta...
– Certo che mi ricordo della tua amica – sorrise la bigliettaia. – Io la chiamo 'la ragazza arcobaleno' perché cambia sempre colore

di capelli. Mi mette una grande *allegria!*
Poi mostrò con orgoglio una ciocca viola che spuntava nel ciuffo grigio e confidò ridacchiando: – È a lei che mi sono ispirata per questo cambio di *look!*

– Ha fatto bene, le sta benissimo – sorrise Paulina, poi domandò: – Per caso le è capitato di vedere la nostra *amica* di recente?

La bigliettaia annuì: – Certo, proprio ieri! E aveva i capelli... viola!

– Potrebbe dirci quale autobus ha preso? – domandò Nicky.

– Ah beh, il solito: il numero 7! – rispose senza esitazioni la bigliettaia.

Poco dopo, Paulina registrò un MESSAGGIO audio da inviare alle amiche rimaste a casa: – Siamo sulla strada giusta: selezionate tutte le foto della BACHECA in cui ci sono Grace e sua nonna, noi stiamo arrivando!

Poi salì con le altre sulla macchina di Olga, stringendo tra le mani una mappa che le aveva dato la bigliettaia: una mappa su cui era riportato, fermata per fermata, il percorso dell'autobus che aveva preso Grace...

LINEA 7

L'AUTOBUS NUMERO 7

– Allora, che cosa avete trovato? – chiese Colette accogliendo le amiche al loro ritorno dalla stazione degli autobus.

– Questo – svelò VITTORIOSA Paulina, sventolando la mappa ricevuta dalla bigliettaia.

– La mappa del percorso di un autobus? – chiese Pamela *perplessa*.

– Non un autobus qualsiasi, ma il numero 7, cioè quello che prende Grace per andare da sua nonna! – spiegò Paulina, sistemando la mappa APERTA sul pavimento.

– Ecco qui le foto che ci hai chiesto – disse Violet. – A che cosa servono?

– Ho pensato che possiamo confrontare quello che vediamo nelle foto con le varie **FERMATE** effettuate dall'autobus numero 7 – spiegò Paulina. – Magari in questi scatti compare qualche dettaglio che può aiutarci a identificare la fermata a cui *scende* Grace!

Le detective iniziarono così a passare in rassegna le foto a loro disposizione.

– Allora, sappiamo che la casa di nonna Amélie è vicina al mare... – rifletté Nicky. – Quindi scartiamo tutte le foto scattate in montagna... e le fermate lontane dalla costa.
– Fatto – disse Colette, mettendo via le foto che non tornavano utili. Poi, passando in rassegna quelle rimaste, si concentrò su una: – Qui Nonna Amélie si trova sulla spiaggia...
Nicky si avvicinò per osservare meglio l'immagine: – E sta bevendo della limonata da un BICCHIERE che sembra di vetro.
– Allora dovrebbero essere vicino casa – dedusse Paulina. – Perché se fosse un picnic fuori porta quasi sicuramente avrebbero usato delle stoviglie INFRANGIBILI!
– Giusto – annuì Pamela. – Quindi nonna Amélie abita vicino a una spiaggia di ciottoli: possiamo escludere le spiagge di sabbia...
– E di conseguenza, eliminare altre due fermate dell'autobus – disse Olga tirando

sulla mappa due linee di PENNARELLO nero. Le investigatrici ripresero a esaminare le foto a loro disposizione, fino a quando una di queste non **catturò** la loro attenzione.

– Cos'è questo? – chiese Violet, mostrando alle altre uno scatto che ritraeva Grace nella veranda di casa, con alle spalle il mare azzurro dell'ISOLA.

Violet stava indicando un particolare in secondo piano.
Colette aggrottò le sopracciglia: – Sembra una grossa roccia...
– Potrebbe essere un faraglione – esclamò Nicky. – Uno dei FARAGLIONI DEI GABBIANI!
– No, sono gli Scogli del Cormorano! – dichiarò contenta Pamela, mostrando un'altra fotografia. – Guardate qui!

Le ragazze fecero capannello attorno all'amica e, osservando una foto in cui Grace faceva volare un AQUILONE sulla spiaggia, distinsero chiaramente due cormorani!
– L'autobus numero 7 ferma anche lì – esultò Olga mostrando alle altre la mappa.
Senza perdere un istante, le detective e la ragazza saltarono sulle auto e, mentre il sole iniziava ormai a tramontare, raggiunsero il punto dell'isola popolato da quei grandi volatili dal piumaggio scuro.
– Non abbiamo ancora un indirizzo preciso – rifletté Paulina passeggiando per la zona residenziale di quel tratto di costa. – Però guardiamo il lato positivo: qui non abitano tantissime persone ed è possibile che si conoscano tutte tra loro, anche se solo di vista!
In quel momento, Colette avvistò in fondo alla strada un signore anziano che passeggiava con il suo CAGNOLINO.

– Chiediamo a lui: di solito chi ha un cane lo porta a spasso nei dintorni di casa, quindi abiterà qui vicino – esclamò Colette.
Avviandosi verso lo sconosciuto richiamò la sua attenzione: – Mi scusi, avremmo bisogno di un'informazione: per caso sa dove abita la signora Amélie? Siamo amiche di sua nipote Grace.
– Oh, la signora Amélie, certo – rispose affabile il signore. – Non so dirvi di preciso il numero civico, ma mi pare che viva in una traversa del lungomare: Viale delle Conchiglie!
Detto fatto, le sei raggiunsero l'indirizzo suggerito dal passante.
– Dalle foto sappiamo che la veranda della signora Amélie ha la RINGHIERA dipinta di bianco – ricordò Violet. – Peccato che questo valga per tutte le abitazioni della via!
– Aspettate un *attimo* – esclamò allora Paulina, annusando l'aria.

Poi, avviandosi a passo svelto, aggiunse:

– Da questa parte!

Le ragazze seguirono l'amica fino a una casetta dalla FACCIATA giallo senape.

– Siamo arrivate – sorrise Paulina.

– E come lo sai? – chiese stupita Olga.

Paulina indicò i fiorellini bianchi che ricoprivano quasi interamente la staccionata che recintava il giardino dell'abitazione:
– Riconoscerei questo profumo ovunque: gelsomini!
Violet sgranò gli occhi sorpresa: – Nel libro che hai fatto cadere stamattina dal comodino di Grace c'era un RAMETTO di gelsomini essiccati: potrebbe averlo raccolto qui!
– Non ci resta che bussare e scoprire se le nostre deduzioni sono corrette... – disse Pamela.

GRAZIE ALLA SIGNORA LULÙ ABBIAMO SCOPERTO CHE GRACE HA COMPRATO DEL MIELE DA REGALARE ALLA NONNA!
La bigliettaia alla stazione degli autobus ci ha svelato che Grace sale sempre sull'autobus 7!
QUESTO PASSANTE GENTILE CI HA INDICATO LA VIA NELLA QUALE VIVE LA SIGNORA AMÉLIE!

FINALMENTE INSIEME

– Buongiorno, ragazze – salutò Nonna Amélie facendo capolino dalla porta.

Olga fece un passo avanti: – Buongiorno signora, mi chiamo Olga e sono...

– L'amica di Grace, certo, mia nipote mi parla sempre di te – le sorrise nonna Amélie.

– Prego, entrate!

– Grazie – sorrise Olga entrando nel salottino. – Stavamo proprio cercando Grace e speravamo di trovarla qui.
– Purtroppo non c'è... – spiegò l'anziana signora.
A quella notizia, le Detective del Cuore si scambiarono un'occhiata allarmata: questo significava che l'indagine che le aveva condotte lì era tutta **sbagliata?!**
A tranquillizzarle subito fu però nonna Amélie, che aggiunse: – Grace è andata a fare una passeggiata in spiaggia per ammirare il tramonto, ma sarà qui tra poco! Intanto perché non vi accomodate? Oggi abbiamo preparato i biscotti al MIELE, ve ne porto un po'!
– Ecco cos'era questo profumino delizioso! – esclamò Pamela.
– Non vedo l'ora di assaggiarli!

Così, le detective e Olga attesero il ritorno di Grace nel soggiorno di nonna Amélie, sorseggiando un tè profumato accompagnato da deliziosi biscottini.
Dopo qualche chiacchiera, l'anziana signora si schiarì la VOCE e un po' imbarazzata disse:

– Sapete, da quando Grace è arrivata, ho avuto la sensazione che fosse un po' strana. Anche se si sforza di sorridere, le leggo negli OCCHI che è triste... Voi sapete come mai?
Le sei ragazze rimasero per qualche istante in silenzio: se Grace aveva deciso di non confidarsi con la nonna, magari per non farla preoccupare, forse era giusto che loro rispettassero quella scelta!
Nonna Amélie sembrò capire al volo, perché si affrettò a precisare: – Non importa, non voglio sapere i dettagli. Vedere che siete qui per lei e sapere che può contare sulle sue amiche mi tranquillizza molto!
In quel momento, nel salottino risuonò il CLACK di una chiave che girava nella toppa e un attimo dopo Grace fece capolino sulla soglia della stanza.
– Olga?! Che cosa ci fai qui?! – esclamò la ragazza sorpresa.

– È una lunga storia, ma prima di raccontartela devo fare una cosa URGENTE – sorrise Olga alzandosi dalla poltrona e correndo a stringere l'amica in un forte abbraccio.
– Beh, è stato un piacere conoscervi, ma ora scusatemi, ho il mio RICAMO da finire – disse allora nonna Amélie, rivolgendo alle amiche della nipote un cenno d'intesa prima di sparire nell'altra stanza.
Olga nel frattempo presentò le Detective del Cuore a Grace e le *raccontò* come erano riuscite a trovarla.
– All'inizio ero sicura di essere io la causa della delusione di cui parlavi nel biglietto – spiegò Olga. – Ma anche se non è così, sento di doverti chiedere scusa in ogni caso.
Grace spalancò gli occhi: – Tu... vuoi chiedermi scusa?
– Ho *sbagliato* a sentirmi trascurata perché dedicavi tempo a Pablo – sospirò Olga.

TI VOGLIO BENE!
ANCH'IO!

– Nessun ragazzo può rubare il posto che le amiche si riservano l'un l'altra nel proprio cuore!
– Oh, Olga – esclamò Grace abbracciandola. – Sono io che devo chiedere scusa a te: ti ho abbandonata il giorno di una SFILATA importante e per questo non ci sono giustificazioni. Avevo preso un grande abbaglio, con Pablo: non permetterò mai più che un ragazzo mi faccia **dimenticare** ciò che è importante per me!
– A proposito di sfilate e di moda per capelli... – s'intromise allora Nicky. – Durante la nostra indagine abbiamo scoperto che domani dovresti partecipare a un concorso per giovani coloristi a cui tieni tanto!
Grace sospirò: – Beh, sì, avrei dovuto... ma quando Pablo mi ha spezzato il **cuore** ho perso tutta la voglia di partecipare...
– Ma come?! – esclamò Paulina – Non devi!

Capiamo che adesso sei delusa, ma il dispiacere per com'è andata con Pablo passerà e quando succederà potresti rimpiangere di aver rinunciato all'occasione di fare qualcosa che ami e che ti dà gioia!

– Avete ragione. Ma non sarà troppo tardi? – domandò Grace, timorosa.

– Nient'affatto – le rispose energica Colette. – Ti aiuteremo noi!

Detective del Cuore
IL CASO DI OLGA & GRACE
CLIENTE: OLGA
TOP SECRET
CASO RISOLTO
LE DETECTIVE DEL CUORE SONO SEMPRE PRONTE A... RISOLVERE MISTERI!

FANTASIA... TRA I CAPELLI!

Come promesso, il pomeriggio del giorno seguente le Detective del Cuore raggiunsero il *teatro* in cui si sarebbe tenuto il concorso.

– Meno male che siamo arrivate in anticipo – esclamò Pamela dirigendosi verso le prime file. – Così possiamo assicurarci i posti migliori!

Le ragazze non fecero in tempo a sedersi, però, che videro spuntare da dietro le quinte Olga.

– Ehi, guardate, c'è Olga – esclamò Violet, agitando la mano in segno di saluto.
– Ci sta facendo cenno di raggiungerla! – osservò Paulina.
– E sembra anche piuttosto PREOCCUPATA – aggiunse Colette. – Presto, andiamo da lei!
– Ragazze, è successo un guaio – esordì infatti Olga. – Venite con me!
Le detective **seguirono** la ragazza lungo i corridoi del retro palco finché raggiunsero il camerino dove si trovava Grace. La giovane colorista, con aria affranta, stava rimettendo tutta l'attrezzatura nella borsa da lavoro.
– Che cosa succede? – chiese Nicky perplessa.
– Dov'è la tua modella?
– Claudia è a casa con una caviglia slogata – annunciò la ragazza. – Mi ha avvisata che non verrà... non riesce nemmeno a camminare!
– E adesso come farai? – domandò Pamela.
Grace fece spallucce: – A questo punto,

non ho molta scelta: dovrò rinunciare a partecipare al concorso...
– E invece una scelta c'è! – esclamò Colette decisa. – Conosco io qualcuno che non vede l'ora di aiutarti a partecipare!
Grace aggrottò le sopracciglia: – Davvero? E chi sarebbe?!

Allora, con un gesto teatrale, Colette sciolse lo chignon in cui aveva acconciato i capelli e scosse i lunghi capelli biondi: – Io!
Commossa per quell'offerta, Grace si mise subito al lavoro aiutata da Olga e Pamela, mentre le altre **Detective del Cuore** correvano a sedersi in platea.
– Cocò è pronta? – chiese Nicky quando Pam uscì dalle quinte del teatro per andare ad accomodarsi con loro.
La ragazza sorrise: – Tranquille... È pronta ed è bellissima!
– E quale colore ha scelto Grace per i suoi capelli? Il viola? Il rosa?– domandò Violet curiosa.
– Non voglio rovinarti la sorpresa. Posso solo dirti che per questo look si è ispirata al soprannome che le ha dato la bigliettaia della Stazione degli autobus... – rivelò Pamela strizzandole l'occhio.

Bellissima!
Brave!
Fantastiche!

Nonostante quell'anticipazione, le Detective del Cuore restarono senza parole quando, poco dopo, Colette apparve sul palco con *meravigliosi* capelli... multicolore!

Era tornato l'arcobaleno!

Detective del Cuore

I SEGRETI delle Detective del Cuore!

Due amiche,
TANTI NUOVI RICORDI!

Da quando si sono ritrovate, Olga e Grace hanno vissuto tanti momenti speciali, che Grace ha raccolto in un nuovo album per la sua migliore amica...
ECCO LE FOTO PIÙ BELLE!

ECCO LA NOSTRA PRIMA LEZIONE DI BARCA A VELA! QUANTE RISATE!

INSIEME TUTTO
È PIÙ DIVERTENTE!
COM'È BELLO PREPARARE
UNA NUOVA RICETTA!
LASAGNE DI VERDURE
DELLA NONNA...
CHE BONTÀ!

ALBUM DEI RICORDI...

...FAI DA TE!

VUOI REGALARE ALLA TUA MIGLIORE AMICA O A QUALCUNO A CUI VUOI BENE UNA RACCOLTA DELLE FOTO PIÙ BELLE SCATTATE INSIEME? ALLORA PUOI REALIZZARE QUESTO GRAZIOSO ALBUM FOTOGRAFICO!

CHE COSA TI OCCORRE:

- cartone
- un rotolo di carta da regalo
- una matita
- forbici con la punta arrotondata
- colla vinilica
- un righello
- un nastrino in tinta con la carta

CHIEDI SEMPRE AIUTO A UN ADULTO!

1 Ritaglia due quadrati di cartone grandi 10 cm x 10 cm.

2 Rivesti i due quadrati di cartone con la carta da regalo. Ecco pronti gli elementi che formeranno la copertina dell'album fotografico!
Puoi decidere di decorarli a tuo piacimento... io ho aggiunto un bel cuore rosso!

Ritaglia una striscia di carta da regalo alta 10 cm e lunga 60. Con una matita e un righello, segna sul lato lungo della striscia un puntino ogni 10 cm; piega poi la carta a fisarmonica in corrispondenza del segno: otterrai così 6 quadrati di 10 x 10 cm.

3

4

Incolla il primo quadrato della fisarmonica di carta sul retro di uno dei quadrati di cartone. Poi, incolla l'ultimo quadrato della fisarmonica sul retro del secondo quadrato di cartone.

5

Ora non ti resta che incollare le foto all'interno dell'album e chiuderlo con un nastrino!

Qual è la tua acconciatura da DETECTIVE?

Quando un nuovo mistero chiama, una brava detective non perde tempo e inizia a indagare! Scopri con noi qual è la tua acconciatura ideale da investigatrice, così saprai già come pettinarti quando dovrai risolvere il tuo prossimo caso!

1 QUANDO VAI DAL PARRUCCHIERE VUOI...

A. **Sbrigarti il prima possibile: non ti piace stare seduta senza fare nulla.**
B. **Dare solo una spuntatina al taglio che porti da sempre.**
C. **Un cambio di look!**

2 QUANTO TEMPO DEDICHI AI TUOI CAPELLI PRIMA DI USCIRE?

A. **Il tempo di una spazzolata!**
B. **Almeno mezz'ora, ti piace essere sempre ordinata.**
C. **Dipende da quale acconciatura hai deciso di realizzare quel mattino.**

3

STAI ORGANIZZANDO UNA FESTA, LA PRIMA COSA A CUI PENSI È...

A. Buffet e inviti!
B. Il vestito che indosserai.
C. I giochi con cui tu e i tuoi amici vi divertirete.

4

I TUOI CAPELLI NON DEVONO MAI...

A. Darti fastidio ed esserti d'impiccio.
B. Essere disordinati o arruffati.
C. Farti passare inosservata!

Maggioranza di risposte...

A

PRATICA E VELOCE!

La tua parola d'ordine è... praticità! Non c'è quindi modo migliore per affrontare un'indagine che raccogliere i capelli in una semplice coda!

B

SEMPLICE ED ELEGANTE!

Non importa quale sia l'avventura che stai per vivere: vuoi capelli ordinati ma sempre eleganti. La pettinatura perfetta per te è lo chignon, che unisce comodità e bon-ton!

C

ORIGINALE!

I capelli sono il mezzo che preferisci per esprimere la tua personalità! E quindi via libera a trecce, codini, accessori: una nuova acconciatura per ogni nuova indagine!

OGNI PARTICOLARE AL SUO POSTO!

Metti alla prova il tuo spirito d'osservazione inserendo ciascuna tessera nello spazio giusto!

A

B

C

D

SOLUZIONI: A-2; B-4; C-1; D-3

L'ARCOBALENO TRA I CAPELLI!

TI È PIACIUTA LA TINTA ARCOBALENO CREATA DA GRACE PER LA SFILATA DI MODA? NON C'È NULLA COME UN TOCCO DI COLORE PER CREARE UN LOOK ALLEGRO E ORIGINALE... ECCO COME PUOI REALIZZARLO A CASA!

CHE COSA TI OCCORRE:
• Gessetti colorati (sì, proprio quelli che si usano per scrivere e disegnare sulla lavagna!) • uno spruzzino pieno d'acqua

P.S: MI RACCOMANDO, PERÒ, CHIEDI IL PERMESSO PRIMA DI COLORARTI I CAPELLI CON I GESSETTI!

CHIEDI SEMPRE AIUTO A UN ADULTO!

1

Per iniziare, bagna abbondantemente d'acqua la ciocca che vuoi colorare. Se non hai uno spruzzino, bagna i capelli direttamente sotto il getto d'acqua del rubinetto e poi tampona con un asciugamano l'acqua in eccesso.

2

Scegli il pastello del tuo colore preferito e inizia a colorare! Passa il pastello su tutta la lunghezza della ciocca, con movimenti che vanno dalla radice alle punte (mai viceversa).
Ora non ti resta che asciugare i capelli: il tuo look arcobaleno è pronto!

Consigli

- Indossa una vecchia maglietta o metti un asciugamano sulle spalle, in modo da proteggere i tuoi vestiti dalla polvere di gesso che potrebbe cadere mentre colori i capelli.

- Qualche ciocca colorata è perfetta per rallegrare il look di tutti i giorni, mentre per una festa puoi sbizzarrirti con una chioma multicolore!

- Ricorda di lavare i capelli prima di andare a dormire: in questo modo sarai sicura che il colore non passi dai tuoi capelli alla federa del cuscino!

Biscotti al Miele

I biscotti al miele di nonna Amélie hanno conquistato tutte noi! Sono veloci e facili da fare per un pieno di gusto ed energia. E sono divertenti da cucinare tutte insieme, per una merenda in allegria!

INGREDIENTI:
• 270 g di farina • 85 g di zucchero a velo • 75 g di burro • 1 uovo • 1 bustina di lievito per dolci • 2 cucchiai di miele

CHIEDI SEMPRE AIUTO A UN ADULTO!

Taglia il burro a pezzetti e lascialo ammorbidire, poi versalo in una ciotola e mescolalo con la farina, il lievito, lo zucchero a velo e l'uovo.
Ottenuto un impasto grossolano, aggiungi il miele e lavora il tutto fino ad amalgamarlo bene.
Avvolgi l'impasto con la pellicola trasparente e lascialo riposare in frigo per almeno mezz'ora.
Poi stendi l'impasto e ritaglia i tuoi biscotti; disponili sulla teglia ricoperta di carta da forno e cuocili in forno preriscaldato a 180°C per una decina di minuti.
Quando si saranno raffreddati, se vuoi potrai spolverizzarli di zucchero a velo per renderli ancora più golosi!

caramelle al miele e limone

Alla Bottega di Lulù abbiamo scoperto che il miele si può usare per tantissime ricette... anche per fare delle dolcissime caramelle!
Provare per credere!

CHIEDI SEMPRE AIUTO A UN ADULTO!

INGREDIENTI:
- 100 g di zucchero
- 2 o 3 cucchiai di succo di limone
- 2 cucchiai abbondanti di miele
- 5 cucchiai di acqua

Versa in un pentolino lo zucchero, l'acqua, il succo di limone e mettilo sul fuoco per far sciogliere bene lo zucchero.
Quando il liquido inizia a bollire aggiungi il miele e continua a cuocere a fiamma bassa per circa 20 minuti.
Mi raccomando, durante tutto il processo non smettere mai di mescolare!
Quando il composto arriverà ad avere un colore ambrato sarà pronto.
Versalo negli stampini e lascialo raffreddare (dovrebbe indurire in poco tempo).
Dopo qualche ora le caramelle saranno pronte!
Puoi conservarle in un contenitore con chiusura ermetica, avvolte in pezzettini di carta da forno.

UN NASCONDIGLIO TRA LE PAGINE!

I libri sono amici preziosi e possono aiutarti a tenere ben nascoste le cose a cui tieni di più (o le prove di un nuovo caso...), grazie a questo nascondiglio da riporre nella tua libreria!

CHIEDI SEMPRE AIUTO A UN ADULTO!

CHE COSA TI OCCORRE:

1

Ritaglia delle strisce di cartone grandi quanto dei dorsi di libro. Visto che in una libreria ci sono libri di varie dimensioni, crea dei dorsi diversi. L'importante è che siano più alti della scatola che hai scelto.

Colora le strisce di cartone con i colori a tempera e poi usa i pennarelli per trasformarle nei dorsi dei tuoi libri preferiti, scrivendone i titoli.

2

Incolla i finti dorsi di libro su un lato della scatola. In questo modo, una volta inserita tra i libri veri nella tua libreria, la scatola si mimetizzerà e potrai nasconderci dentro tutto quello che vuoi!

3

ECCO IL TUO NASCONDIGLIO!

Alla ricerca di Pablo!

Le Tea Sisters stanno cercando Pablo... ma il percorso del Parco Avventura è davvero molto intricato! Aiutale a trovare la strada per raggiungerlo!

SOLUZIONE: la strada giusta è la blu.

CRUCI... DETECTIVE

Inserisci la soluzione corrispondente a ogni definizione: nelle caselle colorate troverai le lettere che formeranno una parola misteriosa: ti indicherà una qualità molto utile a una brava detective!

1. SEGUIRE UNA PERSONA A PIEDI
2. CONTROLLARE DI NASCOSTO QUALCUNO
3. QUANDO SI INIZIA AD AGIRE SI PASSA ALL'...
4. QUELLE DIGITALI SI POSSONO RILEVARE SU OGGETTI E PORTE
5. IL FAMOSO DETECTIVE LETTERARIO SHERLOCK
6. FARE DOMANDE A UN SOSPETTATO
7. LO 'SPIRITO DI...' CHE SERVE PER NOTARE PARTICOLARI IMPORTANTI
8. QUELLA 'INVESTIGATIVA' È IL LUOGO IN CUI IL DETECTIVE INCONTRA I SUOI CLIENTI

SOLUZIONI: 1 - pedinare; 2 - spiare; 3 - azione; 4 - impronte; 5 - Holmes; 6 - interrogare; 7 - osservazione; 8 - agenzia.
La parola misteriosa è 'pazienza'.

LA POSTA DEL CUORE!

Ci arrivano sempre tante lettere: in alcuni casi si tratta di piccoli misteri su cui indagare, in altri... di questioni di cuore per cui serve un consiglio da amiche!

A: postadelcuore@detectivedelcuore.it
Da: topina-mary@postabalene.it
Oggetto: Che cosa posso fare?

Care Detective del Cuore, dovete aiutarmi!
Qualche giorno fa ho litigato con una mia amica a causa di un malinteso. Da allora non ci parliamo più...
Ho capito di aver sbagliato, ma lei non mi vuole nemmeno ascoltare. E se non volesse più essere mia amica?
Avete qualche suggerimento?
Grazie, baci!
Mary

A: topina-mary@postabalene.it
Da: postadecuore@detectivedelcuore.it
Oggetto: Re: Che cosa posso fare?

Cara Mary,
noi cinque, prima di essere detective, siamo amiche.
Perciò conosciamo bene la situazione di cui parli!
A volte può capitare di sbagliare, l'importante è riflettere e capire che si è commesso un errore. Visto che hai sbagliato, la cosa migliore che puoi fare è chiedere scusa! Magari potresti regalare alla tua amica un pomeriggio al cinema insieme e farle trovare sul suo biglietto un bel foglietto con la scritta 'Scusa!'.
Siamo certe che lei non aspetta altro che fare la pace con te!

Cinque abbracci dalle Detective del Cuore!

Care Detective del Cuore...
Uffa! Uffa! Uffa!
Ieri avevo appuntamento con la mia amica Patty e anche questa volta lei si è presentata in compagnia di una sua compagna di danza! Da quando l'ha conosciuta, io e lei non riusciamo più a stare da sole e non abbiamo più avuto un momento solo nostro per parlare e raccontarci i nostri segreti.
Rivoglio la mia amica!

Jen

Detective del Cuore

Cara Jen,
sai che quello che ora ti sembra un problema forse è una grande opportunità? Certo, puoi spiegare a Patty che ti manca passare del tempo solo tu e lei come facevate una volta, ma dai una possibilità alla nuova arrivata e prova a parlare anche con lei: se la tua migliore amica la trova simpatica, è probabile che lo farai anche tu! Potresti scoprire che insieme formate un terzetto niente male!
L'amicizia è un sentimento infinito, non ne esiste una quantità limitata da dividere!

xo xo xo

Baci,
Detective del Cuore

INDICE

TOP SECRET

1
2
3
4
5
6
7
8
9
10
11
12
13
14
15
16
17
18
19
20
21
22
ISOLA delle BALENE

ISOLA delle BALENE

1. Osservatorio astronomico
2. Faraglioni dei Gabbiani
3. Spiaggia degli Asinelli
4. Clinica veterinaria “Cuccioli felici”
5. Locanda di Marian
6. Monte Franoso
7. Picco del Falco
8. Spiaggia delle Tartarughe
9. Fiume Patella
10. Bosco dei Falchi
11. College di Topford
12. Grotta del Vento
13. Circolo Velico
14. Accademia della Moda
15. Scogli del Cormorano
16. Bosco degli Usignoli
17. Biblioteca Comunale
18. Porto
19. Villa Marea: laboratorio di biologia marina
20. Impianti fotovoltaici per l’energia solare
21. Baia delle Farfalle
22. Scoglio del Faro

A Topford, in vicolo delle Margherite, c'è una graziosa palazzina... nella soffitta di questa palazzina c'è la sede dell'agenzia delle *Detective del Cuore*, cioè... noi Tea Sisters in versione investigatrici! Ogni fine settimana ci ritroviamo qui per risolvere misteri legati a sentimenti, amicizie e amori!

Come mettersi in contatto con le *Detective del Cuore*? Semplice: basta scrivere una lettera e lasciarla nella cassetta a forma di cuore vicino alla pasticceria Daisy oppure mandarci una mail!